D1108631

Mes parents sont gentils mais...

TELLEMENT AMOUREUX !

Catalogage avant publication de Bibliothèque et Archives nationales du Québec et Bibliothèque et Archives Canada

Vachon, Hélène, 1947-

    Mes parents sont gentils mais... tellement amoureux!
    (Mes parents sont gentils mais... ; 5)
    Pour les jeunes de 10 ans et plus.
    ISBN 978-2-89591-057-2

    I. Rousseau, May, 1957- . II. Titre. III. Collection.

PS8593.A37M47 2008   jC843'.54   C2007-942402-3
PS9593.A37M47 2008

Correction et révision: Christine Deschênes

Tous droits réservés
Dépôts légaux: 1er trimestre 2008
Bibliothèque nationale du Québec
Bibliothèque nationale du Canada

ISBN : 978-2-89591-057-2

© 2008 Les éditions FouLire inc.
4339, rue des Bécassines
Québec (Québec) G1G 1V5
CANADA
Téléphone: (418) 628-4029
Sans frais depuis l'Amérique du Nord: 1 877 628-4029
Télécopie: (418) 628-4801
info@foulire.com

Les éditions FouLire remercient la Société de développement des entreprises culturelles du Québec (SODEC) pour son aide à l'édition et à la promotion.

Gouvernement du Québec – Programme de crédit d'impôt pour l'édition de livres– gestion SODEC.

Les éditions FouLire remercient également le Conseil des Arts du Canada de l'aide accordée à leur programme de publication.

Imprimé avec de l'encre végétale sur du papier Rolland Enviro 100, contenant 100% de fibres recyclées postconsommation, certifié Éco-Logo, procédé sans chlore et fabriqué à partir d'énergie biogaz.

IMPRIMÉ AU CANADA/PRINTED IN CANADA

HÉLÈNE VACHON

Mes parents sont gentils mais...

TELLEMENT
AMOUREUX !

Illustrations
May Rousseau

Roman

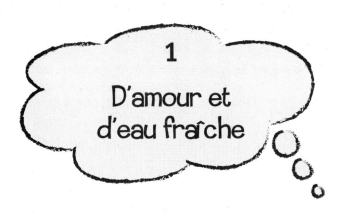

1

D'amour et d'eau fraîche

– Il n'y a plus de lait.

Ma voix se perd dans la grande cuisine blanche, plane un moment au-dessus de la table où mes parents et moi sommes assis, eux d'un côté, moi de l'autre. Je soupire.

– Il n'y a plus de lait, il n'y a plus de pain non plus. Il n'y a presque plus de beurre, vous savez bien, cette matière jaune et grasse qui sert à tartiner. Quant aux céréales, j'ai oublié à quoi ça pouvait ressembler, ce qui fait que je me demande ce que je vais bien pouvoir manger ce matin.

Mes parents me regardent en souriant, un peu embarrassés, avant de se tourner l'un vers l'autre. Ils haussent négligemment les épaules. Je poursuis :

– À la radio, on disait tout à l'heure qu'un enfant sur cinq arrive affamé à l'école. C'est beaucoup, vous ne trouvez pas ?

Et puis ça y est, ils s'embrassent. Mon père incline sa longue carcasse blonde vers ma mère, minuscule et brune. Ils n'ont même pas touché à leur café, qui refroidit tristement.

– Vous n'aimeriez sûrement pas que mon cas aille grossir les statistiques déprimantes sur la faim dans le monde...

S'ils aimeraient ou pas, personne ne le saura jamais. Ont-ils seulement entendu? Ils s'embrassent encore. C'est à croire qu'ils ne se sont pas vus depuis des mois. Ils étaient pourtant bel et bien ensemble pas plus tard qu'avant-hier. Ma mère ne s'est absentée qu'une nuit. Et revoilà les chaudes retrouvailles, comme s'ils avaient failli se perdre.

Je me lève, hisse mon sac à dos sur mon épaule droite, qui fléchit sous le poids. Je dépose un bout de papier sur la table.

– Voici la liste des choses qu'il faudrait acheter. C'est à votre tour de faire l'épicerie. À ce soir.

Je me retourne une dernière fois: ils ont fini de s'embrasser et boivent leur café froid à petites gorgées en faisant la grimace. Leurs deux mains libres sont réunies quelque part sous la table.

– Je disais donc: À CE SOIR!

Ils réagissent enfin, se dénouent, se détachent.

– À ce soir, Béatrice, dit ma mère.

– As-tu assez mangé, ma chérie? s'inquiète subitement mon père. Tu ne fais que grignoter, il me semble.

– On te trouve un peu pâle ces temps-ci.

Ils sirotent encore, le bruit de leurs lèvres qui s'activent emplit toute la pièce. Peut-être ont-ils échangé leurs tasses, c'est ce qu'ils font quand ils ne boivent pas dans la même.

– Béa? fait soudain ma mère.

Je m'arrête.

– Oui?

– Merci de te charger de l'épicerie encore aujourd'hui. Ton père a une répétition ce soir et j'aimerais l'accompagner. On t'en devra une.

Je fais demi-tour et fourre la liste dans mon sac. Mon père hésite :

– Tu vas être toute seule pour manger, dit-il. Ça ne te dérange pas trop ?

– À moins que tu nous accompagnes au théâtre, suggère ma mère.

Mon père se tourne vers elle, surpris.

– Ce serait nouveau. Depuis quand Béa s'intéresse-t-elle au théâtre ?

Pour toute réponse, je claque la porte. Dehors, le temps est beau, le soleil chauffe encore très fort en ce début d'automne et mon ventre gargouille. À l'arrêt d'autobus, il y a Charles et Charlotte, les jumeaux identiques. Je sais, je sais, un garçon et une fille ne peuvent pas être de vrais jumeaux. Mais Charles et Charlotte sont bel et bien identiques : ils sont aussi grands et maigres l'un que l'autre, ont la même coupe de cheveux, les mêmes yeux marron, les mêmes mains, le même nez, ils ont tout pareil. Le temps a beau s'évertuer à passer, les hormones n'arrivent pas à se brancher : ils ont toujours la même voix, pas beaucoup de seins, pas beaucoup de hanches, Charles et Charlotte, c'est bonnet blanc et blanc bonnet.

– Salut ! je dis, en arrivant près d'eux.

Le même salut vaut pour les deux, c'est très économique.

– Oh là là ! fait judicieusement remarquer Charles.

Ce qui, dans son langage, signifie que je vais sûrement très mal. Charles se destine à la psychologie, perspective louable mais éprouvante pour les proches, dont je suis, qui lui servent de cobayes. À moins de lui opposer un visage totalement neutre, exploit difficile à réaliser pour la plupart d'entre nous, Charles se croit obligé de relever la plus infime variation de comportement ou de physionomie et de l'interpréter à la lumière de ses connaissances qui sont, à mon humble avis, encore très insuffisantes.

– Pas d'analyse ce matin, d'accord ?

Silence. Mon ventre fait un de ces boucans !

– Ça va ? demande timidement Charlotte.

– Mmmm.

– Tu sais qu'il n'y a rien de pire qu'un conflit non résolu, Béatrice.

Charles, encore.

– Toujours rien ? s'enquiert Charlotte.

– Rien de rien.

– Ils n'ont pas fait l'épicerie ?

– Penses-tu !

Elle sort un petit paquet de sa poche.

– Tiens ! dit-elle. Je t'ai apporté un sandwich.

– Nous voici en présence d'un cas typique de comportement compensatoire, dit Charles. Glisser vers une solution de compromis pour ne pas affronter la réalité.

Je déballe le paquet. C'est un sandwich au jambon avec laitue, tomates et mayonnaise. Le pain est frais, l'odeur, irrésistible. Je mastique lentement pour faire durer le plaisir. Et puis je soupire.

– C'est pire que jamais. On dirait qu'ils sont de plus en plus amoureux. Quand j'étais petite, je me disais que ça leur passerait, mais non.

– Tu sais, Béa, il vaudrait mieux t'y faire et te charger de l'épicerie une fois pour toutes, comme ça tu serais sûre de...

Je m'étrangle.

– C'est pas *toujours* à moi de faire l'épicerie! L'épicerie, c'est la responsabilité des parents, pas celle des enfants.

– Ça, c'est quand on vit dans une maison normale, intervient Charles. Tu ne vis pas dans une maison normale. Je dirais que tu vis dans une famille dysfonctionnelle et que la passion exacerbée que tes parents éprouvent l'un pour l'autre pourrait être à l'origine de ce dysfonctionnement.

– Il veut dire que tes parents sont très amoureux, explique Charlotte.

– Alors comment se fait-il que je sois fille unique?

La question les prend au dépourvu. J'avale la dernière bouchée, je chiffonne le papier, j'en fais une boule. Si je pouvais, je mangerais aussi la boule.

– Avec des parents qui passent les sept huitièmes de leur vie collés l'un à l'autre, comment se fait-il que je sois enfant unique?

– La réponse est simple, Béatrice, dit Charles: tes parents font un usage immodéré de produits contraceptifs.

– Je m'en doutais, figure-toi. Je reformule ma question: avec des parents aussi contraceptifs que les miens, comment se fait-il que j'aie réussi... *à naître*?

Je laisse passer un certain temps.

– Mes parents se connaissent depuis quinze ans ou, si vous préférez, 180 mois, ce qui donne un nombre équivalent d'ovulations, c'est-à-dire 180 occasions de rencontres fructueuses entre les ovules de ma mère et les spermatozoïdes de mon père. Après un rapide calcul, j'en arrive à la conclusion que, si un bébé prend neuf mois à se former, à l'heure qu'il est, je pourrais potentiellement avoir une vingtaine de frères et sœurs.

– Uniquement si ta mère avait fait un bébé après l'autre sans discontinuer, rectifie Charles. C'est biologiquement impossible.

– J'ai dit *potentiellement*. C'est une hypothèse.

– Un calcul théorique, irrecevable en pratique.

– Et tu en déduis ? a coupé Charlotte.

– Que mes parents ne voulaient pas avoir d'enfant, que j'ai dégringolé dans leur vie à leur corps défendant, qu'ils ont juré leurs grands dieux qu'on ne les y reprendrait plus, bref, que je suis une erreur.

Le silence s'installe pour de bon. Même Charles reste sans voix. Ce n'est pas donné à tout le monde de frayer avec une erreur.

– Cela expliquerait tout, ai-je repris. Leur manque d'attention, leur négligence, leur exclusivité... Quand ils sont ensemble, c'est tout simple, je n'existe pas. Ils se touchent, se frôlent, se taquinent, se sourient, s'interrogent, se répondent.

– Passion exacerbée, répète Charles. C'est bien ce que je disais.

– Quand ils sont pas ensemble, c'est pire. Ils se téléphonent, se parlent à n'en plus finir, chuchotent, susurrent, embrassent le téléphone, raccrochent, se retéléphonent, redemandent les mêmes choses. Pathétique! Je pourrais me raser la tête, me faire poser un anneau dans le nez ou passer la nuit dans un arbre qu'aucun des deux ne s'en apercevrait.

– T'exagères, Béatrice.

– Ah oui? Je voudrais vous y voir!

Bref silence embarrassé.

– Je dois tout faire moi-même. Pas seulement l'épicerie; les comptes et le ménage aussi. Les notes de téléphone et de chauffage sont jamais payées à temps, le courrier s'accumule…

L'autobus arrive. Charles me fait une place à côté de lui, Charlotte reste debout. Je bougonne.

– Je peux même plus téléphoner.

– Ils s'aiment, dit Charlotte en se penchant vers moi, comme si elle me confiait un secret.

– Et tu trouves que ça justifie tout?

– Ben… presque tout, ajoute-t-elle avec un sourire idiot. Ils sont tellement gentils.

– Gentils?!

– Tellement prévenants aussi.

– Prévenants?! Non, mais ça va pas? Le frigo est vide en permanence et vous trouvez que j'ai des parents prévenants? Pour la compréhension, on repassera.

– Tellement intéressants, en tout cas, murmure Charles. D'un point de vue clinique, du moins.

– Nos parents à nous, c'est rare qu'ils s'embrassent, reprend Charlotte. Qu'ils s'embrassent aussi longtemps, je veux dire.

– Autre cas typique, intervient Charles, mais inversé. À la maison, nous avons plutôt affaire à un cas d'inhibition affective concertée.

– Et puis ils ne s'embrassent pas aussi souvent, soupire Charlotte. Et surtout pas devant tout le monde.

– Et rarement sur la bouche, précise Charles.

– Et le dialogue, dans tout ça ? je proteste. Avec des parents qui s'embrassent à longueur de journée, sans parler des nuits, comment je fais, moi, pour échanger, apprendre les choses de la vie, pour évoluer de façon équilibrée vers la femme adulte qui sommeille en moi?

– La femme adulte, la femme adulte, marmonne Charles. Si tu veux mon avis, la femme adulte qui sommeille en toi, elle est beaucoup mieux préparée que nous. En ce qui concerne l'apprentissage de la vie sexuelle, en tout cas, tu as tout ce qu'il faut chez toi.

– Et puis avec tous ces baisers qui se donnent dans ta maison, insinue Charlotte, il y en a sûrement quelques-uns qui tombent sur toi.

La vision de mes deux parents enlacés danse devant les yeux des jumeaux éblouis. Je les toise sans ménagement.

– Vous n'avez pas toujours dit ça!

Ils n'ont pas toujours dit ça, non.

Il fut un temps où mes amis pestaient contre mes parents. Parce que le pire dans toute cette histoire, ce n'est pas que mes parents soient amoureux – à la rigueur on peut s'en accommoder ; le pire, c'est l'absence. Non, non, mes parents ne sont ni voyageurs de commerce ni artistes ambulants. Ma mère est économiste, mon père metteur en scène. Mais ils ont beau être présents, ils ne sont tout simplement pas là. Ils sont soit distraits, soit carrément invisibles. Dans le passé, cela m'a causé toutes sortes d'ennuis, spécialement quand j'invitais des amis à la maison.

Difficile à croire ? Vous pensez que j'exagère ? Voici donc comment les choses se passent. Ou plutôt non, voici comment les choses se passent *dans une famille normale.*

Je suis invitée chez Nicole, Joannie, Marie-Christine, Jean-Christophe, Charles ou Charlotte. Je sonne, on vient répondre. Retenez bien ceci : on vient répondre, c'est-à-dire que quelqu'un quelque part se déplace pour m'accueillir, généralement le père ou la mère. Donc je sonne, la porte s'ouvre et voilà ce qu'on appelle un parent : debout devant moi, habillé avec des vêtements de jour, un sourire accroché aux lèvres. Et cette personne extraordinaire, très visible et pas du tout distraite parle, elle dit : « Bonjour, Béatrice ! Entre, voyons, je vais appeler Nicole, Joannie, Marie-Christine, Jean-Christophe, Charles ou Charlotte. » N'est-ce pas extraordinaire ? Une telle gentillesse ! De telles marques d'attention ! Un tel degré de présence ! Juste pour moi. Rien que d'y penser, ma gorge se serre.

Transposons la scène chez moi. J'invite Nicole, Joannie, Marie-Christine, Jean-Christophe, Charles ou Charlotte.

On sonne. Je suis forcément dans ma chambre avec les écouteurs sur les oreilles, ce qui fait que je n'entends pas. C'est normal. Les jeunes, c'est fait pour étudier ou pour avoir des écouteurs sur les oreilles, pas pour attendre qu'on sonne à la porte. Pensez-vous qu'il se trouve un père ou une mère pour entendre à ma place, se ruer sur la porte et accueillir mes invités ? Bien sûr que non. Pour une raison bien simple : mes parents sont eux aussi dans leur chambre, en train d'échanger leurs fluides, ce qui fait qu'ils n'entendent rien, eux non plus.

Revenons à la famille normale : le parent me fait entrer, me regarde, échange quelques mots avec moi, tout ça a l'air tellement naturel que j'ai, tout à coup, l'impression d'exister. Quand c'est le père qui vient répondre, en général, c'est plus bref et moins personnel. Il me parle du temps qu'il fait dehors (comme si je n'arrivais pas de l'extérieur), me demande comment ça va à l'école, quelle est ma matière préférée, etc. On peut penser ce qu'on voudra de ces questions, mais on reconnaîtra tout de même qu'il y a là un embryon de dialogue et des tonnes de bonne volonté. En général, le père n'appelle pas Nicole, Joannie, Marie-Christine, Jean-Christophe, Charles ou Charlotte, mais m'invite très gentiment à le ou la rejoindre dans sa chambre, ce que je préfère. Parce qu'en passant, je jette un œil dans la cuisine et j'aperçois, merveille des merveilles, une table avec des biscuits dessus, du jus, des bonbons, des croustilles, du chocolat.

Chez moi maintenant : comme personne ne répond, Nicole, Joannie, Marie-Christine, Jean-Christophe, Charles ou Charlotte insistent une fois, peut-être deux, puis finissent par renoncer en pensant que je leur ai posé un lapin. J'ai perdu beaucoup d'amis comme ça, c'est pourquoi j'ai pris l'habitude de guetter leur arrivée ou d'aller carrément les chercher chez eux pour les ramener à la maison. Mais vous avouerez que ce n'est pas une vie pour un jeune, c'est tout à fait contre nature. À quoi sert un parent s'il n'est même pas fichu de répondre à la porte quand on sonne?

Les seules occasions, je dis bien les seules, où l'un de mes parents répond à la porte, c'est quand l'autre est absent. Mais pensez-vous que tout se déroule comme dans une famille normale? Bien sûr que non. Quand c'est ma mère qui répond, elle doit s'y prendre à deux fois pour reconnaître mon invité et à trois pour savoir ce qu'il veut. Mais la lumière finit toujours par venir: «Ah! Tu viens pour Béatrice, je suppose?» demande-t-elle candidement. Quand c'est mon père, c'est toujours pareil, tous mes amis me l'ont dit: «Béatrice?» fait-il, l'air intrigué. S'ensuit un silence pénible qui fait croire à l'invité en question qu'il s'est trompé de porte. Il doit donc reculer de quelques pas, pour s'assurer qu'il est devant la bonne maison.

Heureusement, cela ne se produit presque plus, mes amis sont habitués. Dorénavant, quand ils sonnent chez moi, leur discours est déjà tout prêt: «Bonjour! Je viens rendre visite à Béatrice, votre fille unique, qui doit être dans sa chambre en ce moment. Si vous voulez bien me laisser passer, je vais la rejoindre sans plus tarder.» Sur ce, ils poussent gentiment mon père ou ma mère et montent directement à ma chambre, ce qui fait dire à mon père que mes amis sont vites en affaires et dépourvus de la plus élémentaire discrétion.

– Vous n'avez pas toujours dit ça!

Charles toussote, Charlotte fixe ses chaussures.

– C'est vrai, admet Charles. Mais c'est avant que je comprenne le côté pathologique de leur attachement.

– C'était avant qu'on les connaisse, traduit Charlotte.

– Toutes ces questions que vous posiez! Vous ne m'aidiez pas beaucoup! Savez-vous à quel point j'étais embarrassée?

Toutes ces questions! La question, devrais-je dire, qu'on me posait et qu'on me pose encore chaque fois que je me fais un nouvel ami: «Tes parents sont pas là?» Soit je réponds: «Ils sont sortis» et c'est stupide comme réponse parce qu'ils ne sont pas sortis du tout et qu'ils vont forcément finir par émerger de leur antre. Soit je réponds: «Oui, oui, ils sont dans leur chambre.» Ça va pendant cinq ou dix minutes, mais quand ça fait plus d'une heure qu'ils sont enfermés là-haut, comment voulez-vous que je continue à prétexter qu'ils sont en train de se changer, qu'ils font une petite sieste, qu'ils vont bientôt descendre, etc.?

Il y a évidemment une troisième solution : «Oui, mes parents sont là mais ils sont en train de faire l'amour. Je ne sais vraiment pas quand cela prendra fin, si cela prend fin un jour.» Il m'arrive de faire cette réponse. Soit on me trouve trop gâtée : «De quoi tu te plains? Mes parents à moi, ils sont toujours en train de se disputer!» Soit on me traite carrément de menteuse : «Tu racontes des histoires, Béatrice Bonnel! C'est impossible. Des parents, ça fait pas l'amour en plein jour.» Une fois, Nicole a poussé l'audace jusqu'à monter à la chambre de mes parents. Elle a ouvert sans frapper. Je vous laisse imaginer la suite.

– On les connaît à présent, tes parents, fait Charlotte.

– Tu me rassures, je dis.

– Tu n'as plus à t'inquiéter, intervient Charles. On est habitués maintenant. On sait comment se comporter en présence de comportements déviants.

Habitués, oui. Tellement habitués que je me demande parfois s'ils ne viennent pas à la maison pour mes parents plutôt que pour moi. Depuis un certain temps, la question, la fameuse question : « Tes parents sont pas là ? » n'est plus posée innocemment. Je vois bien à leur mine qu'ils sont déçus quand je réponds que mes parents sont absents. Et quand ils sont là, il faut les voir à l'œuvre : Charlotte nous oblige à baisser le ton ou à faire taire la musique pour ne pas les déranger, Jean-Christophe offre d'aller leur porter des rafraîchissements *dans leur chambre* et Joannie répond systématiquement au téléphone pour qu'ils n'aient pas à se lever. Quant à Charles, c'est tout simple : comme il a toujours des tas de blondes et que la situation lui cause toutes sortes de problèmes, il reste à l'affût dans l'escalier et prend mon père d'assaut dès qu'il pointe le museau en dehors de la chambre à coucher pour s'entretenir avec lui de sa blonde de l'heure, lui faire part de ses ennuis, lui demander conseil, etc.

– N'empêche que c'est moi qui la fais marcher, la fichue maison! Si je n'étais pas là, qui s'occuperait de sortir le chien et de nettoyer la litière du chat?

– C'est toi qui voulais des animaux, Béa. Tes parents n'en voulaient pas, eux.

Ce que j'aime bien, chez mes amis, c'est leur profonde empathie, leur compréhension, leur compassion.

– Sans parler de mes notes, qui n'arrêtent pas de dégringoler. Avec toutes ces corvées, j'ai même plus le temps d'étudier.

– Tu l'aurais que tu n'étudierais pas, Béa. T'as jamais aimé ça, l'école.

Je me renfrogne de plus belle. L'autobus arrive à destination. Je me lève, passe devant Charles et Charlotte et, dans un grand geste théâtral emprunté à mon père, je jette mon écharpe derrière mon épaule.

– De toute façon, j'en ai vraiment marre. Je fais la grève.

– La grève? marmonne Charlotte.

– La grève, oui. Je ne fais plus rien, je ne lève plus le moindre petit doigt pour la maison, le chien, le chat ou le serin. Tant pis pour eux, ils s'arrangeront.

Charles et Charlotte se regardent, vaguement consternés, et font la moue. La même moue.

– Cas typique de fuite en avant, soupire Charles. Refus des responsabilités et recul devant l'adversité. Navrant !

2

Aides-ménagères fantômes

J'ai commencé ma grève un lundi plutôt qu'un vendredi ou un samedi. La fin de semaine, j'aime bien que le frigo soit plein parce que je peux m'empiffrer devant la télé. Comme mes parents s'embrassent ou sont ailleurs, dans tous les sens du terme, ils n'y voient que du feu. J'ai donc fait l'épicerie vendredi et j'ai passé la fin de semaine à manger.

Lundi matin, j'ai nettoyé à fond la cage de Twilight, mon serin, et rempli ses mangeoires. J'ai changé la litière de

Socrate et sorti mon chien Cabot pour la dernière fois.

Ensuite, j'ai attendu la catastrophe.

Qui n'est jamais venue.

Lundi soir, mon père a retiré du garde-manger de vieilles choses comestibles et une boîte de tomates. Il nous a concocté un plat de pâtes, ma foi... pas mal du tout. Il a ramassé les crottes de Cabot qui traînaient dans un coin du salon et changé l'eau de Twilight. Mardi matin, j'ai mangé le pain qui restait. Le soir, ma mère a nettoyé la litière de Socrate qui avait fait pipi par terre en signe de protestation et, courbée en deux, la main en visière, elle a exploré le frigo à la recherche de restes encore mangeables : deux œufs, un bout de fromage, trois pommes de terre. Elle a mélangé tout ça et envoyé au four une espèce de substance gris-beige qu'elle a fait gratiner et qu'elle a arrosée d'huile d'olive. C'était délicieux. À mon grand désespoir, le même scénario s'est répété jusqu'à la fin de la semaine. Vous savez comment sont les garde-manger, jamais complètement vides et toujours disposés à faire reprendre du service à tous les laissés-pour-compte qui hantent le fond des armoires – biscuits soda, légumineuses, conserves, riz, pâtes alimentaires, épices, etc. J'avoue avoir cédé au découragement parce qu'enfin, tout ça avait très bon goût. Je me suis dit que si mes parents continuaient à faire des merveilles avec des moins que rien, je ne verrais jamais la fin de l'histoire et ma grève passerait complètement inaperçue.

Mais tout a une fin. Privés de ravitaillement, même les placards les plus vaillants finissent par hisser le drapeau blanc. Sans risque de me tromper, je peux dire que samedi matin, la maison ne contenait plus rien de comestible et n'offrait à ses habitants à deux ou quatre pattes que l'attristant spectacle de sa vacuité et d'une presque porcherie. Parce qu'au fur et à mesure que les placards se vidaient, le courrier et la poussière s'accumulaient au point de former de petits monticules blancs à l'aspect pelucheux. Socrate urinait partout, ce qui n'est pas dans ses habitudes, Cabot errait lamentablement sous la table, entre nos jambes, et Twilight chantait faux, ce qu'il ne fait que dans de rares occasions.

Mais là encore, la catastrophe n'était pas au rendez-vous.

En rentrant de la bibliothèque, samedi midi, pâle et sous-alimentée, j'ai trouvé la maison silencieuse et apparemment vide, situation attendue si l'on pense à l'irrépressible attirance de mes parents l'un pour l'autre qui les pousse à s'isoler sans cesse, mais inattendue dans une maison où tout le monde devrait normalement mourir de faim. J'avais imaginé mes parents soit absents, en train de parcourir les allées des supermarchés, regrettant leur négligence à mon égard et à l'égard des trois animaux dont ils ont la charge, soit présents mais agités, tournant en rond, le ventre vide, dans une cuisine désertée de ses aliments. Je m'imaginais aussi trouver Twilight muet comme une carpe, Cabot affalé par terre, la langue pendante, avec Socrate dessus en train de lui bouffer son collier de cuir.

Un tout autre spectacle m'attendait. Twilight chantait juste, Socrate batifolait dehors et Cabot somnolait au salon. Mes parents étaient sans doute cloîtrés dans leur chambre. Comme d'habitude.

Or, nous le savons tous, pour se mouvoir, se déplacer, s'agiter, tout organisme vivant doit carburer aux protéines, aux vitamines, aux sucres et aux gras. Parlez-en aux populations des pays en développement, elles vous diront toutes la même chose : chanter, batifoler, somnoler et s'aimer ne vont pas de pair avec la sous-alimentation.

Autre anomalie : la maison était propre. Les lits étaient faits, la litière changée, le courrier ramassé et trié. Les meubles brillaient.

Mes parents ne pouvaient pas avoir fait tout ça tout seuls. C'était impossible. Passe encore pour l'épicerie, ils pouvaient effectivement s'être décidés à sortir et à regarnir le garde-manger, mais ils ne pouvaient pas, *en une seule matinée*, s'être fougueusement aimés, avoir fait l'épicerie et nettoyé la maison. C'était au-dessus de leurs capacités énergétiques.

J'en étais là de mes réflexions quand ma mère est descendue, fraîche comme une rose et totalement détendue.

– Tu ne me croiras jamais, Béa…

Elle avait le regard illuminé des grands malades guéris par miracle d'une lourde infirmité.

– Regarde comme tout est beau…

Et propre, ai-je pensé.

– Tes amis sont passés ce matin.

Et devant mon air incrédule :

– Oui, oui, tes amis. Euh… ils étaient au moins cinq ou six. Il y avait Marie-Christine, Nicole, Johanne…

– Joannie.

– Joannie, oui.

– Qui d'autre ?

Qui étaient les faux amis ? Les traîtres ?

– Eh bien, ils se sont présentés, mais je ne me rappelle pas tous les noms. Jean-Charles, je crois, Charlotte et... tu sais bien, les deux jumelles...

– Jumeaux, maman. Charles et Charlotte.

– Ah! Il y a un «il».

Elle a mis la main sur sa bouche.

– J'espère que je n'ai pas gaffé.

Tant mieux si tu as gaffé, maman, j'en serais absolument ravie. Ainsi donc mes amis s'étaient ligués contre moi pour sauver mes parents.

– Je ne sais pas quelle mouche les a piqués, a poursuivi ma mère. Ils se sont amenés à 9 heures avec armes et bagages, seaux, balais et vadrouilles. Ton père et moi n'étions pas encore levés. En trois heures, ils ont tout nettoyé. Pendant ce temps-là, Charlotte... à moins que ce soit l'autre...

– Charles.

– Charles, oui. J'espère que je ne l'ai pas appelé... enfin... Charles, oui, a proposé à ton père de l'emmener au supermarché. Claude a aussitôt accepté. Tu sais à quel point ton père a les supermarchés en horreur ! Il a profité de son aide pour faire le plein... Regarde.

Elle court au frigo, ouvre les placards, tend le bras pour montrer l'abondance, comme si elle avait accompli un exploit.

– C'est absolument extraordinaire. Remercie le ciel d'avoir des amis aussi formidables, Béa.

J'ai fait la morte toute la fin de semaine, en multipliant, je dois le dire, les incursions dans la cuisine parce que tout était nouveau pour moi et que je n'étais pas habituée à manger des choses que je n'avais pas moi-même choisies, achetées ou rapportées à la maison.

Lundi matin, les jumeaux étaient tous deux au poste, non pas devant l'arrêt d'autobus, mais derrière, compressés et comprimés, comme si un poteau de dix centimètres de diamètre pouvait dissimuler à ma vue deux jumeaux au moins trois fois plus larges.

Mieux valait ne rien dire, j'aurais pu le regretter. Je n'ai donc rien dit. J'ai même profité de l'occasion qui m'était offerte pour ne pas les voir.

C'était l'un de ces matins où tout va de travers, à commencer par l'autobus, qui était en retard. Charlotte est sortie la première de son repaire ultrasecret.

– C'est pour toi qu'on a fait tout ça, Béa.

Rien. Je n'ai rien dit.

– As-tu goûté aux biscuits qu'on a achetés ?

Rien du tout.

– Ils sont au chocolat. Avec du vrai chocolat. Tes préférés...

J'avais effectivement vidé la boîte. Mais ce n'était pas une raison.

– Les croustilles sont au vinaigre, comme tu les aimes, mais sans gras trans. Charles a pensé que c'était mieux parce que tu parles toujours contre les gras trans. Depuis le temps que tu fais l'épicerie, tu t'y connais tellement...

Cause toujours ! Charlotte a poussé un soupir à fendre l'âme.

– Tellement mieux que nous.

En effet !

– On a tout nettoyé aussi. On a pensé que ce serait ça de moins pour toi, tu as tant à faire. Ta perruche faisait peine à voir...

– C'est pas une perruche, c'est un serin.

– Ah bon ? Ton père nous a dit que c'était une perruche.

– Mon père ne ferait pas la différence entre un moineau et une autruche !

– En tout cas, on l'a sauvé *in extremis*, ton serin. Il mourait de soif.

Je me suis tournée vers elle.

– Tu veux quoi, là ? Que je vous remercie tous les deux ? Merci beaucoup, les jumeaux, vous avez saboté tous mes efforts pour changer la situation dans la maison. Je vous avais fait confiance, je vous avais dit que je faisais la grève et vous n'avez rien trouvé de mieux à faire que d'alerter la compagnie et réparer les dégâts. À cause de vous, tout est à refaire, on revient à la case départ.

Charles a surgi à côté de nous.

– C'est pas grave, a-t-il dit. On n'a qu'à revenir pour faire les emplettes et le ménage.

Ma mère n'avait donc pas gaffé. Si elle avait traité Charles de Charlotte, il ne s'en était pas aperçu ou ne s'en était pas formalisé.

– On aime bien aller chez toi, on peut revenir quand tu veux. Comme ça on te soulage des corvées et on… et on…

Son « et on » sonnait bizarre. J'ai levé les yeux vers lui.

– Et on?

– Et on peut voir ta mère.

Tiens donc!

– Et ton père aussi, par la même occasion, a ajouté Charlotte en rougissant.

Ils se regardaient tous les deux, vaguement gênés. Coups d'œil furtifs, vitement échangés. Je n'étais pas certaine de comprendre.

– Je me trompe ou vous êtes amoureux de mes parents?

Ils ont rougi encore plus.

– Ben non, voyons..., a marmonné Charlotte. C'est juste que... À force de les côtoyer, on s'est habitués à eux, comprends-tu?

– On les aime bien, a conclu plus honnêtement Charles.

Mes propres amis! Amoureux de mes parents! Je devais avoir l'air scandalisée ou horrifiée parce que Charles s'est rebiffé.

– Et pourquoi on les aimerait pas, tes parents? Ils sont gentils, ils sont chaleureux et ils sont drôles!

– Tout ce que je suis pas, quoi!

Le ton a nettement monté.

– Tu ferais pas des complexes, par hasard ?

– Des complexes ? Et pourquoi pas ?

Vous n'en feriez pas, vous, des complexes, si au lieu de se préoccuper de vous, vos amis rivalisaient d'attentions envers vos parents ?

– On a trié le courrier, a dit Charlotte pour faire diversion. Tu as peut-être remarqué aussi que les meubles n'étaient plus encombrés.

J'avais surtout remarqué leur couleur. J'aurais juré qu'ils étaient gris poussière.

– C'est beaucoup mieux comme ça, a renchéri Charlotte.

– On a déposé le courrier sur ton bureau, tu l'as peut-être remarqué aussi...

En petites piles, oui. Une grosse pour ma mère, une moyenne pour mon père et une troisième pour les dépliants publicitaires.

Sur le dessus de la troisième, il y avait une brochure : le programme des activités culturelles offertes par la municipalité.

3
Coup de théâtre !

Les jours ont passé, les semaines. Entre mes parents qui faisaient de louables efforts pour assurer la bonne marche de la maison et mes amis qui multipliaient les allées et venues pour nettoyer, trier, ravitailler – officiellement pour me soulager, officieusement pour voir mes parents –, on peut dire que ça allait à peu près, j'entends par là que la maison était propre et procurait à ses six habitants un gîte et un couvert honorables.

On peut dire aussi que c'est à ce moment que la cote de popularité de mes parents a monté en flèche. Certaines habitudes étaient prises qui n'allaient pas être abandonnées de sitôt: une fois par semaine, mon père emmenait Charles au supermarché pour faire l'épicerie. Une fois par semaine, Charlotte préparait, avec mon père, un repas confectionné avec des moins que rien, quand on arrivait au jeudi et que le frigo commençait à crier famine. Une fois par semaine, ma mère aidait Joannie à faire ses devoirs de mathématiques parce que Joannie ne comprend rien aux mathématiques, parce que ma mère rétorque que c'est impossible, que les mathématiques reposent sur la logique, que tout le monde est logique et que si la matière est correctement enseignée, n'importe qui peut être bon en maths.

Il fallait les voir: la mine radieuse de Joannie et ses notes qui grimpaient comme par enchantement, les sourires de connivence échangés entre Charles et mon père, à l'issue, j'imagine, d'une de leurs innombrables conversations entre hommes sur les filles.

Et moi dans tout ça? Eh bien, c'était comme d'habitude. Je n'étais ni bien ni mal, je me répétais que l'atmosphère de la maison était une bonne atmosphère, que je vivais dans un environnement que plusieurs m'enviaient, que j'avais un chat, un chien et un serin nommé Twilight. Je les regardais parler, rire, s'activer. J'étais devenue l'observatrice distante et bienveillante d'un petit monde d'affection et d'agitation dont j'étais exclue. Je connaissais par cœur leurs gestes, si familiers parce que si souvent répétés. Cette façon qu'avait mon père de saisir la tête de ma mère et d'enfouir sa bouche dans ses cheveux. Et la réponse de ma mère, toujours la même, elle renversait la tête en arrière, s'abandonnait complètement tandis que de ses deux bras lancés en arrière, elle emprisonnait mon père et le tenait serré contre elle. Je voyais ces mêmes bras intercepter au passage une Joannie rouge de confusion, ma mère déposer sur la joue fraîche un long baiser d'encouragement, je voyais la lourde patte de mon père amicalement déposée sur l'épaule de Charles, les mains de Charlotte recouvertes de farine, s'activant si près de celles de mon père.

Je voyais tout cela et je me répétais : « C'est comme ça, c'est la vie. »

Et puis un soir, un soir en tous points semblable aux autres, les choses ont changé.

C'était un jeudi, je revenais de l'école et je rentrais tout simplement à la maison. Joannie m'y avait précédée. Elle était attablée à côté de ma mère et faisait ses devoirs. Mon père s'activait près du comptoir et nous tournait le dos.

Je ne sais pas ce que j'ai vu ce soir-là – ma mère penchée vers Joannie, leurs deux têtes voisines, mon père qui chantonnait tout bas en apprêtant ses moins que rien, leur totale concentration à tous trois... Ils avaient l'air posés là de toute éternité, comme si cette vie allait de soi et que ma présence n'était, ne serait jamais requise. Il y avait quelque chose de parfait dans ce tableau, il régnait dans la cuisine un climat d'affection, de complicité et d'abandon qui se suffisait à lui-même. Ma gorge s'est serrée et, à l'intérieur de moi, quelque chose a éclaté.

Extérieurement, rien n'a paru. Je me suis approchée de la table et, comme je le fais toujours, j'ai déposé mon sac à dos sur l'une des chaises. Ma mère a fini par lever la tête vers moi, après un temps infini, me semble-t-il. Mon père ne s'est pas retourné.

J'ai inspiré à fond et j'ai dit :

– Je vais faire du théâtre.

Joannie a ouvert la bouche sans rien dire, ma mère s'est adossée et mon père s'est enfin retourné.

– Du théâtre ?!

– Du théâtre, oui.

Voici en rafale leurs objections. Comme elles se ramènent toutes à la même chose, cela nous fera gagner un temps précieux.

– Mais tu as toujours dit que le théâtre, ce n'était pas pour toi.

– Que ça sonne faux les trois quarts du temps.

– Que tu n'avais aucun talent pour le théâtre.

– Que tu es d'une timidité presque maladive en public.

– Que tu as envie de tomber évanouie dès que tu dois dire deux mots devant plus de trois personnes...

J'ai levé les mains pour contenir l'avalanche qui risquait de m'ensevelir.

– Justement, ai-je dit. Quand on a un problème, il faut l'attaquer de front. Qu'y a-t-il de pire pour moi que de parler en public ? Parler en public en me faisant passer pour quelqu'un d'autre. Le théâtre, c'est ça.

Mon père a eu un mouvement d'humeur.

– C'est une façon un peu simpliste de voir le théâtre, a-t-il maugréé.

Il s'était redressé, grand, avec ses cheveux en bataille et ses yeux indigo qui virent au noir quand il est contrarié.

– En tout cas, c'est la mienne.

– Et où est-ce que tu comptes «régler ton problème», comme tu dis?

– J'ai offert mes services au Théâtre des étoiles filantes.

– Le TEF, a raillé mon père.

– C'est une troupe de théâtre amateur, ai-je précisé à l'intention de ma mère. Une des activités culturelles offertes par la Ville. La troupe monte deux pièces par année. Avec des jeunes et des moins jeunes.

Elle a tendu le bras et touché ma main. La sienne était chaude, la mienne glacée.

– Et qu'est-ce qu'on y joue? a-t-elle demandé doucement.

– Des pièces du répertoire classique, a répondu mon père à ma place. Des «grands textes», comme se plaît à le rappeler le directeur et metteur en scène du TEF, un certain Igor Miranovitch.

Il a ri.

– Comme metteur en scène, il est pas mal. Mais faut voir les comédiens !

Ma mère a jeté un drôle de regard à mon père. Sa voix était dure.

– Ce sont des amateurs, c'est normal. Il y a un début à tout.

– Et qu'est-ce qu'il monte cet automne, ce cher Miranovitch ? a demandé mon père.

C'était agaçant, cette familiarité qu'il affichait envers un autre metteur en scène.

– *La Tempête.*

Mon père a fait la moue.

– Oh ! Shakespeare ! Il se refuse rien, Miranovitch. Quoique…

Il s'est tu un moment et s'est tourné vers ma mère.

– ...quoique *La Tempête* ne soit pas, à mon humble avis, un des grands textes de Shakespeare.

C'était un soir comme un autre. Sans raison apparente, je venais de m'engager dans une impasse. Je n'avais aucune envie de faire du théâtre, aucun talent non plus. Je savais que j'avais tort, en tout cas je n'avais pas raison. Mais quelque chose avait cédé. Quelque chose qui me pressait d'éloigner les têtes trop rapprochées, de forcer les dos à se retourner vers moi, de briser le cercle d'affection en espérant peut-être y être admise un jour.

Vendredi soir, après l'école, les amis sont revenus. Mes parents n'étaient pas encore rentrés. Nicole a épousseté les meubles et trié le courrier. J'ai sorti les ordures, le chien et le chat, nourri

Twilight et passé l'aspirateur. Charlotte a préparé une salade. Mon premier rendez-vous au théâtre était prévu pour 19 heures.

– Toi ? Du théâtre ?

Charles et Charlotte me dévisageaient avec la même stupeur sur la même face.

– Vous avez saboté mes plans, je devais trouver autre chose.

– Mais pourquoi le théâtre ? a demandé Charlotte.

– C'est limpide, il me semble, a dit Charles avec un sourire de pure condescendance. Béatrice veut affronter l'ennemi sur son propre terrain.

– Comment ça, l'ennemi ? a maugréé Nicole.

– C'est pourtant simple, a rétorqué Charles : Béatrice souffre de troubles socio-affectifs chroniques, troubles dus à un dysfonctionnement de l'attachement qui doit remonter à l'enfance. Tout le monde sait que le développement de l'autonomie affective et le développement cognitif sont étroitement liés au milieu dans lequel on vit. Le manque d'attention de la part de ses parents, ou ce qu'elle ressent comme un manque d'attention, crée chez Béatrice une sorte de vacuum, en d'autres termes un déficit qui inhibe en elle toute possibilité de s'épanouir, tout désir de s'ouvrir à l'autre et d'atteindre l'autonomie totale... Le syndrome Harold et Maude, quoi!

Charlotte a levé les yeux au ciel.

— Je me trompe ou il se surpasse ce soir? ai-je demandé.

— Tu dois faire attention, Béatrice. Il ne faut pas brûler les étapes.

— Les étapes? Quelles étapes?

— Toute démarche d'autonomisation comporte des phases bien précises.

– Pas encore ça ! s'est exclamée Charlotte.

– Il y a la phase d'initiation, la phase d'intégration dans le milieu ambiant, la phase réalisation, l'agir, quoi. Le problème, ici, c'est que...

– Charles, a dit doucement Charlotte, ce n'est vraiment pas le moment.

– ...le problème, c'est qu'en voulant répondre à ces expériences trauma-tiques précoces pour empêcher qu'elles se traduisent dans l'avenir par des difficultés chroniques d'adaptation, tu brûles les étapes. En fait, tu sautes une étape, purement et simplement. Alors que la phase d'intégration dans ta famille ne s'est pas vraiment bien déroulée...

– Charles, a répété Charlotte.

– ...tu cherches à passer à la phase réalisation. Ce que tu veux par-dessus tout, c'est agir de façon à canaliser sur toi seule l'attention de tes parents. Pour toi, tous les moyens sont bons :

admiration, colère, tristesse... En faisant du théâtre, tu choisis la voie de l'admiration. Comme ton père est un metteur en scène connu, tu penses que le meilleur moyen d'attirer son attention et, par la même occasion, de le distraire de ta mère, est de l'obliger à venir te voir au théâtre, en lui prouvant que tu as hérité de lui un don exceptionnel et qu'en conséquence, il devra dorénavant te vouer une admiration qui, c'est le moins qu'on puisse dire, semble t'avoir cruellement fait défaut jusqu'ici.

Il s'est arrêté d'un coup, un peu essoufflé. Puis il a secoué la tête, l'air navré.

– Ce qui m'inquiète dans tout ça, Béatrice, c'est qu'en marchant sur les traces de ton père, tu es encore très loin de l'affranchissement.

– Tu aurais pu choisir autre chose comme activité, est intervenue Nicole.

– L'agir, c'est très bien, pérorait Charles, mais encore faut-il qu'il ne soit pas une pâle imitation de l'agir de ses géniteurs.

– La poterie, par exemple, ou le tricot, a suggéré Charlotte.

– Ou la danse en ligne, a renchéri Nicole.

– Sans parler de l'irréversibilité des dommages subis, a soupiré Charles.

– Mais pour le théâtre, ne compte pas sur moi, a dit Nicole.

– Ni sur moi, a ajouté Charlotte.

– Ben, sur moi, oui, a murmuré Charles.

Il y a eu un silence. Charles a avalé de travers.

– Les répétitions commencent quand? a demandé Charlotte.

– Mardi prochain. Ce soir, c'est l'audition.

– Si je peux t'aider à répéter, a bafouillé Charles, si je peux te donner mon avis sur le personnage qu'on va te confier, fais-moi signe.

– Si on m'en confie un, ai-je dit tout bas. Ce qui est loin d'être certain.

– Moi, je suis sûr que oui.

Nouveau silence. Je n'avais jamais vu Charles aussi embarrassé.

– Je serais aussi partant pour la poterie ou même la danse en ligne. Mais pas pour le tricot, a-t-il achevé dans un souffle.

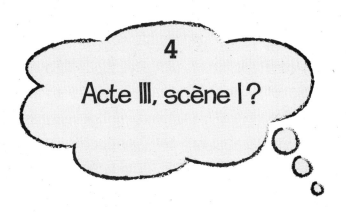

4

Acte III, scène 1?

Il est 18 heures 57. Me voilà devant la petite salle louée par Miranovitch pour les répétitions et la présentation des pièces. Je prends une profonde inspiration et pousse la lourde porte. J'arrive dans une espèce de vestibule totalement dépouillé de meubles. Les murs sont ornés de crochets où pendent des manteaux, des chapeaux, mais aussi des costumes de théâtre, des masques, des accessoires. J'accroche mon manteau et me dirige vers la seule autre porte du vestibule. Elle donne sur un long corridor où sont alignés des jeunes qui attendent pour passer l'audition. Je me place au bout de la file et, le cœur battant, j'attends mon tour.

J'ai la gorge serrée et les mains moites. Emprunté à mon père, l'exemplaire de *La Tempête* achève de fondre dans le creux de ma main gauche. J'ai lu la pièce trois cents fois. J'aimerais tenir le rôle d'Ariel, le gentil génie de l'air au service de Prospero, le type qui échoue sur une île magique douze ans avant que la pièce commence, enfin je veux dire que, quand la pièce commence, quand la tempête se déchaîne, Prospero et Miranda, sa fille, sont déjà sur l'île maudite depuis douze ans.

Ariel et moi, on a beaucoup de points en commun : dans la pièce, c'est lui qui fait tout le sale boulot, qui a toutes les responsabilités, un peu comme moi à la maison, et Prospero l'aime surtout pour les services qu'il lui rend, beaucoup plus que pour lui-même. Un peu comme moi. J'aimerais aussi avoir le rôle parce que, dans plusieurs scènes, Ariel est absent, on n'entend que sa voix et ça m'arrangerait beaucoup qu'on n'entende que ma voix. En tout cas, s'il y a un rôle que je ne veux pas tenir, c'est celui de Miranda, l'héroïne de la pièce. Je ne sais pas si vous connaissez Miranda. Elle est bien gentille, mais un peu simplette. Deux minutes après avoir aperçu Ferdinand – Ferdinand, c'est le fils d'Alonzo, le roi de Naples –, elle tombe éperdument amoureuse de lui. Elle le voit et paf! marché conclu, on se marie. Ce n'est pas normal, ça. En tout cas, ce n'est pas du tout moi.

La file diminue, mon angoisse augmente d'autant, je me rapproche dangereusement de la petite porte du fond derrière laquelle j'entends de plus en plus distinctement des voix, des basses et des hautes. Parfois c'est très court, d'autres fois, plus long. Un garçon sort, rouge de colère, une fille pleure. Peut-être qu'on lui a confié Miranda et qu'elle n'en veut vraiment pas, comme moi.

Puis vient mon tour. Je pousse une nouvelle porte, la troisième de la soirée. La salle est plongée dans une demi-pénombre, la scène, brillamment éclairée.

Me voilà donc devant Igor Miranovitch. Le monsieur, encore jeune, est flanqué à sa gauche d'une dame qui prend des notes et à sa droite, d'un assistant au regard d'acier, dont la première utilité semble être de nous détailler de pied en cap et de nous mettre mal à l'aise.

Me voilà donc mal à l'aise et sans voix, le regard rivé au sol, avec mon corps divisé en deux, le haut qui tremble et le bas qui tremble. Je ne vous ai jamais parlé de mon corps, il est comme ça, mon corps, ni gros ni maigre, mais un peu encombrant parce que le bas ne s'accorde pas du tout avec le haut, ce qui me cause des tas d'ennuis quand vient le moment de m'habiller. Quand le pantalon va, le chemisier flotte, quand le haut a l'air d'être fait pour moi, c'est le bas qui refuse de me couvrir. Je déteste cette division. Mon père a la même, ma mère n'arrête pas de le taquiner à ce sujet, mais chez lui ça se remarque moins, on dirait. Charles se ferait tout un plaisir, je présume, d'interpréter cette bizarrerie anatomique. En attendant, je déteste la situation présente qui consiste à être juchée sur une scène avec mon drôle de corps visible de partout. Être debout devant trois personnes parfaitement assises et plus basses que vous est l'une des grandes injustices de la vie.

L'assistant au regard d'aigle se lève, s'approche de moi et dépose un livre entre mes mains toujours aussi moites.

– C'est pas la peine, je bafouille. J'en ai déjà un.

Je lui montre l'exemplaire, que la sueur a transformé en un innommable boudin.

– Acte III, scène I.

Les doigts tremblants, je feuillette le livre, l'échappe, le reprends. Je ne vois rien de rien, les lignes dansent sous mes yeux aveuglés de larmes.

– Acte III, scène I, répète l'épervier.

Acte III, scène I... Acte III, scène I... J'y arrive tout de même. C'est la scène où Miranda et Ferdinand se confient leur amour mutuel. Exactement ce que je craignais.

– Euh... je fais quoi, là?

– Eh bien, tu lis, Béatrice. Tu lis les répliques de Miranda. C'est tout ce qu'on te demande pour le moment.

– Euh… et vous, vous jouez quel rôle ?

L'assistant prédateur lève les yeux au ciel.

– Celui de Ferdinand. Tu ne le vois pas ?

– Je le vois bien, oui, mais ce n'est pas possible.

– Et pourquoi donc ?

– Ben… Miranda, ça peut pas être moi. Imaginez-vous donc : une fille qui s'emballe après deux minutes pour un type qu'elle ne connaît ni d'Ève ni d'Adam. Tandis qu'Ariel, lui…

– ACTE III, SCÈNE I !

Je ne sais plus très bien quoi faire, alors je regarde par terre et je me prends à envier le sort de la troisième fleur, en partant de la gauche, qui orne un restant de moquette dont la date de péremption est passée depuis longtemps.

– C'est juste un essai, Béatrice, intervient Miranovitch. Tu ne dois pas te sentir gênée, rien ne dit qu'on va te prendre, mais tu as vraiment la gueule de l'emploi.

Moi, la gueule de Miranda ? Au lieu de m'encourager, parce que c'est tout de même sympathique que Shakespeare ait créé une autre fille affublée de deux moitiés de corps qui ne s'accordent pas, l'idée achève de me déstabiliser.

– Bon ! On y va, grogne le faucon pèlerin. On n'a pas toute la journée. Il y a un tas d'autres Miranda qui attendent.

Je n'allais pas m'entendre avec le rapace, c'est certain. Être réduite, comme ça, à l'une des Miranda empilées pêle-mêle dans le corridor… Mais allez savoir pourquoi, j'ai subitement repris courage. Je me suis adressée à Miranovitch :

– Si vous n'y voyez pas d'inconvénient, monsieur, je préférerais jouer Ariel. J'aime bien Ariel. Je sens que le personnage est fait pour moi.

Visiblement embarrassé, Miranovitch regarde son assistant qui le regarde aussi, l'air de dire : « Pour l'instant, c'est moi qui commande. » Et, bien entendu, Miranovitch prend fait et cause pour son second en m'abandonnant à mon sort. Me revoilà donc à l'acte III, scène I. Ferdinand est en train de ramasser du bois et Miranda voudrait le soulager de sa tâche. Ferdinand insiste pour continuer en lui disant que ça ne lui fait rien d'accomplir une tâche ennuyeuse puisque c'est pour elle qu'il le fait. Et ainsi de suite jusqu'à ce qu'ils s'offrent mutuellement leur main à marier. Je ne peux absolument pas débiter un truc pareil. Je suis venue au théâtre pour échapper à l'amour en quelque sorte, parce que j'en ai un peu assez de voir mes parents s'adonner au romantisme et à la grande fusion. S'il faut en plus qu'ils remettent ça au théâtre, ça ne va plus du tout.

Dans la salle, il règne un silence anormal. Comment se fait-il qu'ils aient cette patience avec moi? J'ai vu sortir des candidats après bien moins de temps. Je cligne des yeux, une fois, deux fois, je m'essaye à lire, mais les satanées lignes se mettent encore une fois à sauter.

– Plus fort, Béatrice, crie Miranovitch. De la salle, on n'entend rien.

Évidemment qu'ils n'entendent rien, je ne dis rien. Je suis frappée de mutisme, de cécité et de surdité, tout ça en même temps. Pendant plusieurs secondes assez pénibles, mon corps se soustrait à l'attraction terrestre et j'ai l'impression de flotter très haut quelque part. Et tout à coup je me dis : « Pourquoi tout ce cirque ? Pourquoi est-ce que je m'oblige à faire tout ça ?

Je ne suis pas faite pour le théâtre.»
L'image de mes parents se dresse encore une fois devant moi, avec leurs gestes éternels, les lèvres de mon père dans les cheveux de ma mère, les deux bras blancs de ma mère ceinturant la taille de mon père... Leur façon bien à eux de ne pas supporter la distance. «C'est de l'amour, tout ça, ai-je encore pensé. Et qu'importe, après tout, que ces gestes ne s'adressent pas à moi, ils se font en ma présence, autour de moi, on m'enveloppe de cette atmosphère et c'est tout ce qui compte, peut-être.»

Et puis ça y est, je fonds en larmes pour de vrai, à deux pas du rapace, sous les yeux étonnés de Miranovitch et de la preneuse de notes qui griffonne de plus belle. Je balbutie: «Désolée, je suis vraiment désolée.» Je pleure en contemplant mes pieds, fichés en plein champ entre la troisième et la quatrième fleurs fanées, et bizarrement je pense à la pauvre Miranda à qui je ne rends pas du tout justice et qui joue sûrement dans la pièce un rôle beaucoup plus honorable.

Le silence est interminable. Le carnassier fait deux pas en avant et trois en arrière avant de se résoudre à l'immobilité. Miranovitch se lève et s'approche de moi en murmurant dans mon oreille droite que ce n'est pas grave, mais que non, ma voix ne porte décidément pas suffisamment, que je suis un peu trop émotive et qu'il ne me croit pas capable « d'assurer », ce qui signifie, je crois, faire face au trac et tenir le rôle jusqu'au bout.

Il aurait pu prendre les choses très mal, remarquez. Me traiter d'incapable ou me demander ce que je viens faire au théâtre si je ne suis même pas fichue de lire correctement un texte à voix haute. Eh bien, pas du tout, même que c'est tout le contraire : il m'a dit que si j'avais autant le trac, c'était parce que j'étais perfectionniste et que, comme tous les perfectionnistes, je ne pouvais pas supporter de mal faire les choses. Il a ajouté qu'il allait me confier d'autres rôles, peut-être plus humbles et un peu moins *visibles* mais tout aussi *essentiels* à la bonne marche du spectacle, en précisant qu'il y a un début à tout, qu'il vaut mieux avoir un rôle un peu *effacé* que pas de rôle du tout et qu'il n'est pas donné à tout le monde d'entrer par la grande porte dans le difficile monde du théâtre.

Le lendemain est un samedi. Pour une fois, la maison est vide d'amis. Mes parents sont au salon, assis côte à côte dans un fauteuil à une place.

– Vous viendrez me voir au théâtre ?

Ils se regardent, sourient. À côté de mon père, ma mère a l'air ridiculement petite.

– Euh… ta mère et moi avions pensé ne plus sortir du tout pendant les dix prochaines années, histoire de rattraper le temps perdu. Nous aimerions passer plus de temps ensemble, précise mon père.

– Ensemble ?! Mais vous passez tout votre temps ensemble !

– Bien sûr, mais…

– …mais on est séparés toute la journée, intervient ma mère. Alors le soir on préfère…

– …on préfère se retrouver, complète mon père.

– Je vous signale que c'est le lot de tous les parents d'être séparés pendant la journée ! C'est pas une raison pour s'agglutiner le reste du temps comme deux ventouses sur une plaque de verre. Dans un fauteuil à une place, en plus !

– On est souvent ensemble, c'est vrai, mais avec tous tes amis qui vont et viennent dans la maison depuis quelques semaines, avoue que nous ne sommes plus souvent seuls, Béatrice.

À qui la faute ? ai-je envie d'ajouter.

– Quand a lieu la première ? demande mon père.

– Dans deux mois.

– Oh ! Il y a le temps, alors.

– Je dois réserver les places.

– Quel rôle t'a-t-on confié ? s'enquiert ma mère.

– Je vais le savoir mardi. Mardi, les répétitions commencent.

Ils se regardent, se rapprochent, comme si la chose était possible. Mon père porte le pull bleu que ma mère lui a tricoté, ma mère, le chemisier bleu que mon père lui a acheté. Mon père tend la main vers ma mère et remet à sa place une mèche rebelle sur son front. J'explose.

– J'ai déjà le trac, si vous voulez tout savoir! On n'a pas commencé à répéter et j'ai un trac fou.

– D'accord, d'accord, Béatrice, murmure mon père. Nous serons là. Promis. Tous les deux, ajoute-t-il en serrant la main de ma mère.

5

Beaucoup de bruit pour rien

Mercredi matin. Devant l'arrêt d'autobus. Charles et Charlotte.

Et moi. Dans le trente-sixième dessous.

– Et alors ? s'inquiète Charles. Tu joues quel rôle ?

– Je n'ai pas vraiment envie d'en parler.

– Pourquoi ? C'est aussi catastrophique que ça ?

– Pire.

Et puis plus rien. Rien que le silence. Le genre de silence que je déteste, celui qui rendrait une pierre mal à l'aise. Je pousse un profond soupir et me redresse, histoire de retrouver un peu de ma dignité.

– Je tiens en quelque sorte le rôle-titre.

Ils mettent un moment à comprendre. Différentes expressions se succèdent sur leur visage. Puis ils comprennent.

– Tu fais la tempête?

– Exact.

– C'est pas rien, me rassure Charlotte après un long moment d'hésitation. Moi, je serais pas capable d'imiter une tempête.

– C'est pas ça le pire, j'ajoute.

– Ah bon?

– Je fais pas *toute* la tempête.

Là aussi, ils mettent un certain temps à comprendre.

– Le tonnerre seulement.

– Ben, c'est mieux que de faire la pluie, me rassure encore Charlotte.

– Euh... et qui fait les éclairs ? demande Charles.

– Sébastien.

Silence. Tout le monde digère. À commencer par moi. Tout à coup, je vois Charles se redresser.

– Et pourquoi pas ? Tu peux pas tout faire, Béa ! On peut pas faire en même temps les éclairs et le tonnerre.

– Je te signale que les éclairs et le tonnerre n'ont jamais lieu en même temps, Charles. Il y a toujours un intervalle entre les deux. Normalement, je devrais être capable de faire les deux, *on aurait dû* me confier les deux.

– Pas d'accord, proteste Charles. D'abord, comment ça se fait, le tonnerre, au théâtre ?

– Je dois agiter une plaque de métal qui pèse une tonne. En plus, il faut qu'il y ait un *crescendo*, ce qui m'oblige à secouer la tôle de plus en plus fort.

– Raison de plus, alors. Une seule personne n'aurait jamais le temps de produire un éclair et de se précipiter ensuite sur la tôle pour taper dessus, ça prendrait beaucoup trop de temps. C'est pour ça qu'il faut être deux.

Ils hochent gentiment la tête, heureux de leur découverte.

– Et puis as-tu pensé à la synchronisation ? reprend Charles après un moment.

– Pas vraiment, non.

– Si tu agites la tôle une fraction de seconde trop tôt ou trop tard, l'atmosphère est fichue.

– C'est sûr, je dis, avec une conviction toute relative.

– Absolument certain, renchérit Charlotte.

– Je crois même que tu devras apprendre la pièce par cœur, pour être certaine de faire éclater le coup de tonnerre au bon moment.

– Je la connais déjà par cœur. Pour l'audition, j'avais à peu près mémorisé tous les rôles. Sauf celui du tonnerre, évidemment.

– Sans parler de l'enchaînement, insiste Charles, comme si de rien n'était. Imagine un instant, un seul instant, que vous vous trompiez et que l'éclair arrive après le tonnerre.

– Ah ça ! dit Charlotte. Ce serait la catastrophe.

Ils font une pause. Je les sens qui cherchent et cherchent, triturant leurs cellules grises pour trouver l'argument qui me rendra la vie. C'est Charles qui trouve.

– Et ta fameuse tempête, elle dure longtemps?

– Pratiquement toute la pièce. Avec des accalmies.

Son visage s'éclaire subitement. Cela fait plaisir à voir.

– Eh ben alors, de quoi te plains-tu?

Je me tourne vers lui et je plonge mon regard dans le sien.

– Dis-moi sans rire que tu aimerais passer quatre soirs de suite à agiter une plaque de métal sans avoir à prononcer un seul mot et sans que ton nom figure sur le programme.

Dit comme ça, il y a de quoi décourager même les plus positifs.

– Je peux le dire, rétorque Charles, mais pas sans rire, c'est vrai.

– Dis-moi surtout comment je vais faire pour dissuader mes parents de venir à la première alors que, pas plus tard que samedi dernier, j'ai insisté assez lourdement pour qu'ils viennent. Je leur ai même déjà réservé des places.

Là, il n'a vraiment rien trouvé.

– Et au cas où je ne vous l'aurais pas encore mentionné, c'est aussi moi qui tire les rideaux et qui les referme à la fin. Vous en voulez plus ?

Ils s'enfonçaient, je m'enfonçais.

– Ben quoi ? fait Charlotte en haussant les épaules. C'est une responsabilité énorme, tu sauras. Sans personne pour ouvrir les rideaux, il n'y aurait tout simplement pas de spectacle. Et sans personne pour les refermer à la fin, comment on saurait que la pièce est terminée, qu'il faut applaudir, se lever et rentrer chez soi ?

Je n'avais pas le choix : il fallait faire marche arrière et enlever à mes parents toute envie de se pointer au théâtre le soir de la première. Il y avait deux solutions : leur dire que j'avais changé d'avis et que je ne participerais pas à la pièce. Mais, dans ce cas, comment justifier mes absences quatre soirs par semaine, sans compter certains samedis et certains dimanches ? Deuxième solution : abandonner effectivement la troupe. Impossible. J'ai des principes et je n'ai qu'une parole. Je n'abandonne jamais un train en marche, même quand ce train mène tout droit à un cul-de-sac.

La troisième solution, c'est Charles – encore lui ! – qui l'a trouvée, après une longue et périlleuse analyse psychologique de la situation : informer très précisément mes parents des rôles que m'a confiés Miranovitch.

– Ce sera comme une épreuve, comprends-tu? Parce que l'enjeu n'est plus du tout le même. Il n'est plus question de prouver à ton père que tu possèdes un quelconque talent pour le théâtre. Le nouvel enjeu est beaucoup plus pervers: obliger tes parents à venir au théâtre, dans une pièce où tu ne joues qu'un rôle dérisoire, un rôle d'utilité.

– Exagère pas, ai-je protesté. Tu disais toi-même l'autre jour que c'était un rôle important.

– Je me mets à la place de ton père, Béatrice. Comment veux-tu qu'il voie les choses autrement?

L'enjeu était tout autre, en effet. Sauf que je n'étais plus du tout certaine de vouloir tenter le coup. Au petit-déjeuner, j'observais mes parents.

Me trompais-je? Ma mère paraissait tendue, à tout moment elle me jetait des regards furtifs et détournait la tête dès que mes yeux rencontraient les siens. Mon père préparait le café.

– Vous n'êtes pas obligés de venir, vous savez.

– Venir où? a demandé mon père sans se retourner.

Comme il savait très bien où mais faisait comme si, je n'ai pas cru utile de répondre.

– Moi, j'y serai, a dit ma mère. J'y tiens beaucoup.

Elle avait un sourire très doux, un peu comme celui qu'elle adresse à Joannie quand ses notes sont bonnes.

– Au fait, quel rôle t'a-t-on confié? a ajouté mon père, le dos toujours tourné.

C'était LA question. Je me demandais pourquoi elle n'était pas venue plus tôt. Comme je ne pouvais pas voir l'expression de mon père, c'est ma mère que j'ai fixée en disant:

– Je fais le tonnerre.

Ma mère a cligné des yeux, mon père a accusé le coup sans broncher.

– Si vous voulez tout savoir, c'est aussi moi qui ouvre et ferme les rideaux, ai-je ajouté parce que je voulais en finir et enfoncer le clou une fois pour toutes.

Charles avait raison: ce que je faisais là était pervers. J'obligeais ni plus ni moins mon père, metteur en scène respecté, à venir me voir tirer des rideaux et taper sur une tôle. Il se consolerait peut-être en se disant qu'avec un peu de chance mon nom ne figurerait pas sur le programme et que personne ne lui parlerait de moi. Le cas échéant, j'imaginais son embarras si quelqu'un l'abordait en disant: « Il paraît que votre fille fait partie de la troupe qui monte *La Tempête*. Vous devez être heureux qu'elle marche sur vos traces. Quel rôle joue-t-elle, déjà?» Que répondrait-il? À quel moment me trahirait-il? Après combien de questions se résoudrait-il à répondre: «Oh! Vous savez, Béatrice n'a aucune prétention au théâtre, elle fait ça uniquement pour rendre service, c'est tout.»

Comme l'autre jour, ma mère a allongé le bras et effleuré ma main. Mon père est passé derrière moi et je l'ai perdu de vue.

– Je trouve que c'est très courageux à toi de faire tout ça, a dit ma mère.

– Tout ça quoi?

– Tout ça! Les répétitions, le trac, l'incertitude...

Nous sommes restées un moment ainsi, à nous regarder sans rien dire. Il y avait très longtemps que nous n'avions pas été seules, en tête à tête.

Elle avait retiré sa main, mais son bras reposait toujours sur la table, tout près du mien. Elle avait quelque chose de changé, son expression n'était plus la même. J'y lisais un intérêt nouveau, de la curiosité aussi et de l'inquiétude.

J'ai senti un frôlement. Quelqu'un a surgi derrière moi. Je fixais toujours ma mère sans oser me retourner. Quelques secondes interminables ont passé, et puis j'ai senti ma tête tirée doucement en arrière et la chaleur d'un baiser dans mes cheveux.

Le rythme était pris. Quatre fois par semaine, je me rendais au théâtre et j'accomplissais avec assiduité et sérieux ce qu'on attendait de moi, en me répétant chaque fois qu'il y a un début à tout, qu'il vaut mieux avoir un rôle un peu effacé que pas de rôle du tout et qu'il n'est pas donné à tout le monde d'entrer par la grande porte dans le difficile monde du théâtre.

Un jour, Miranovitch m'accoste.

– Tu sais, Béatrice, tu n'es pas obligée de venir à toutes les répétitions.

– Je préfère être là.

– Les comédiens n'ont pas besoin d'entendre le tonnerre chaque fois qu'ils répètent. Le bruitage, c'est un peu comme les costumes, comprends-tu ? On garde ça pour la fin.

Il avait l'air embarrassé. Il a levé la tête vers les rideaux et a souri.

– Tu en fais trop, Béatrice. Les rideaux ne sont pas éternels ; au rythme où tu les ouvres et les refermes, ils vont rendre l'âme avant la première.

Bien sûr que j'en faisais trop. Quelle obscure et absurde raison m'amenait là chaque soir ? Qu'est-ce que je cherchais à prouver, exactement ?

Que mes parents pouvaient très bien vivre sans moi, que l'oxygène leur était nécessaire, mais pas ma personne ? Je savais déjà tout ça. Mais je devais terminer ce que j'avais commencé.

– J'en profite pour huiler les tringles et perfectionner mon bruitage. Vous avez pu constater que je tire déjà assez bien les rideaux et que mon tonnerre sonne plus vrai que vrai.

Il a eu l'élégance de ne pas insister.

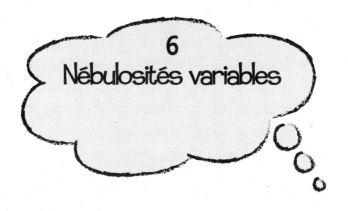

6

Nébulosités variables

Mes parents ont tenu promesse : ils sont bel et bien venus à la première.

L'ouverture des rideaux s'est assez bien passée, si j'excepte le cordon qui s'est cassé au moment précis où je tirais dessus et la tringle qui s'est affaissée – à la suite, j'imagine, des tiraillements répétés et des mauvais traitements que je lui faisais subir depuis des semaines, malgré les mises en garde de Miranovitch. Le rideau a tout de même fini par s'ouvrir, c'est pour ça que je dis que l'ouverture ne s'est pas trop mal passée. L'ennui, c'est qu'on m'a vue alors qu'on n'aurait pas dû. Shakespeare n'avait certainement pas prévu que sa pièce allait s'ouvrir, non sur la scène du naufrage, mais sur une fille rouge comme une tomate juchée sur une chaise.

Le tonnerre, en revanche, m'a donné du fil à retordre. Des tas d'embêtements pouvaient se produire. Vous savez comment est la vie, vous répétez depuis des semaines, vous croyez avoir tout prévu, vous avez vérifié cent fois l'état de la tôle, le *crescendo*, vous avez réussi à contrôler l'intensité de façon à ce que le tonnerre s'entende bien de la salle, mais sans couvrir la voix des comédiens et paf! la seule chose que vous n'avez pas prévue se produit.

Un seul événement pouvait contrecarrer mes plans et saboter ma performance : le tonnerre lui-même, c'est-à-dire le tonnerre en personne.

Ce soir-là, une fausse pluie tombait sur la scène mais un véritable déluge s'abattait sur la ville, avec tonnerre, éclairs et compagnie. Sans risque de me tromper, je peux dire que la tempête de Shakespeare avait l'air d'un inoffensif courant d'air comparée à la furie qui se déchaînait dehors. Où est le problème ? demanderez-vous. Pourquoi ne pas tirer parti de cette coïncidence heureuse et oublier la mise en scène, la tôle et le minutage ? Pour deux raisons.

D'abord, à cause du vrai tonnerre, on n'entendait plus rien dans la salle. Les comédiens avaient beau s'égosiller, on perdait deux phrases sur trois. Imaginez un instant le ridicule de la situation. Les comédiens sont là qui parlent, discutent et se disputent devant des spectateurs penchés en avant, l'oreille tendue, assourdis par le tonnerre qui n'en finit pas de ponctuer des répliques inaudibles.

Ensuite, dans la pièce de Shakespeare, le tonnerre n'éclate pas au hasard, il ponctue certains événements ou certaines répliques, d'où l'importance de la synchronisation. Or, comme je n'entendais plus rien moi non plus, j'ai perdu tous mes repères et je me suis retrouvée dans cette situation, fâcheuse entre toutes, qui consiste à taper sur une plaque de tôle au hasard, sans vraiment savoir si c'est le bon moment. Aussi assourdi et déconcerté que moi, Sébastien actionnait son dispositif d'éclairage au hasard mais avec une constance exemplaire tout à fait contre nature : que je sache, les éclairs ne zèbrent pas le ciel avec une régularité de métronome. Ajoutez à cela l'éclairage qui venait du dehors, c'est-à-dire des vrais éclairs, et vous aurez une idée de la clarté qui inondait la scène et qui rappelait plutôt un laboratoire de recherche scientifique qu'une tempête en pleine mer.

Miranovitch n'a pas attendu la fin de la pièce. Au troisième acte, comme la situation empirait dehors, il s'est présenté sur scène. Mi-figue, mi-raisin, il s'est excusé auprès du public en précisant que même le grand Shakespeare était impuissant à contrer une vraie tempête et que la pièce était remise au lendemain.

Je ne savais pas si je devais me réjouir ou me désoler de ce contre-temps. Mon tonnerre était passé totalement inaperçu ; l'épreuve à laquelle j'avais voulu soumettre mes parents était complètement sabotée. Je n'avais pas réussi, je n'avais pas échoué non plus. Était-ce drôle, était-ce triste ? Impossible à dire.

Un peu plus tard, en rangeant les accessoires toute seule dans mon coin, les choses sont devenues plus claires. Les comédiens se démaquillaient et se changeaient dans l'unique et immense pièce qui sert à la fois de coulisses, de loges et de débarras.

– Tu parles d'un hasard ! rigolait Prospéro.

– J'ai tellement crié que j'en ai mal à la gorge, a dit Miranda. Heureusement que Miranovitch est arrivé avant le troisième acte. Tu me vois en train de hurler à Ferdinand que je l'aime et qu'on va se marier ?

Du fond de la pièce, on a entendu Ferdinand crier :

– *Ma maîtresse, ma bien-aimée ; et moi toujours ainsi à vos pieds.*

Rires.

– En tout cas, j'en connais un qui doit être soulagé, est intervenu l'assistant.

– Qui donc ?

– Le père de Béatrice.

– C'est qui, le père de Béatrice ?

– Tu fais du théâtre et tu connais pas Claude Bonnel ?

– Il était dans la salle ? a demandé Caliban.

– Dans la deuxième rangée, très exactement.

Silence. Tout le monde devait penser la même chose.

– Juste pour voir sa fille taper sur une tôle ? s'est étonné Ariel.

– Il le savait peut-être pas, a dit Stephano.

– En tout cas, il a parlé à Miranovitch.

– Comment ça ?

– La veille de l'audition, Bonnel a téléphoné à Miranovitch pour lui dire que sa fille s'était mis dans la tête de faire du théâtre mais qu'elle avait un trac fou. Il a demandé à Miranovitch de lui laisser sa chance.

Je repensais à l'audition, à la patience du metteur en scène et à moi qui me demandais pourquoi il m'accordait autant de temps. Je repensais aussi à ses encouragements, aux rôles plus humbles et un peu moins *visibles* qu'il m'avait confiés, parce qu'il n'y avait rien à faire avec moi, mais qu'il fallait tout de même ne pas offusquer un type comme Bonnel.

– Pauvre elle! a fait Gonzalo.

– Pauvre lui, plutôt. Tu imagines sa déception quand il n'a pas vu sa fille sur la scène.

Il le savait, ai-je pensé dans mon coin. Vous vous trompez du tout au tout. Mon père le savait et il est venu quand même.

– Il a dû la chercher, a renchéri Alonzo. Attendre scène après scène qu'elle fasse son apparition.

– Sûrement pas, a rétorqué l'assistant. La pièce, il la connaît par cœur, Bonnel. Il a dû comprendre assez vite.

Oui, et c'est pour cette raison qu'il a dû se sentir doublement humilié : même en intercédant auprès de Miranovitch, il n'avait pas réussi à faire décrocher un vrai rôle à sa fille.

– Bizarre, tout de même, a dit Trinculo. Vouloir faire du théâtre à ce point alors qu'on n'a pas le moindre talent ! Elle était là tous les soirs, elle a pas raté une seule répétition.

– Bof ! a repris Prospero. La tempête a sauvé la situation.

– Moi, je l'aimais bien, est intervenu Sébastien (pas le Sébastien des éclairs, le Sébastien de Shakespeare). J'aimais bien qu'elle soit là tout le temps.

– Moi aussi, a dit Miranda.

– Ouais ! a ajouté Trinculo. C'est difficile de pas aimer quelqu'un qui, chaque soir, triture pour rien des rideaux et qui, chaque soir, dérange tout le monde avec son vacarme et sa foutue plaque de tôle.

J'ai attendu qu'ils soient tous partis pour abandonner mon repaire.

Mes parents m'attendaient dehors, sous la pluie battante, en riant aux éclats, à l'abri d'un immense parapluie rouge assez grand pour deux. Leur soulagement était palpable, leur bonheur, évident. Leur bonne action avait été récompensée par le hasard, la nature s'était chargée de déverser sur la ville des trombes d'eau capables de noyer la pire des hontes. Je regardais mon père. J'avais à peu près sa taille, déjà, le même corps un peu embarrassé, les mêmes yeux bleus. Les siens brillaient de contentement et de malice sous la pluie. Il serrait ma mère contre lui, ma mère si petite à ses côtés.

– On te ramène? a-t-il demandé.

– Je préfère rentrer seule, ai-je dit.

Il a consulté sa montre.

– Il est tard.

Mais il n'a hésité qu'un instant.

– Comme tu veux, Béatrice.

Et puis après? Qu'est-ce qu'on peut bien dire à une enfant qui ne trouve même pas le moyen de faire correctement du bruit? J'ai dit:

– Je suis une fille du tonnerre, pas vrai?

Il a souri.

– Je dis ça uniquement pour détendre l'atmosphère entre nous, ai-je ajouté en regrettant déjà mon piètre jeu de mots.

Nous avions l'air tout bêtes, comme deux étrangers qui viennent de faire connaissance. Mon père s'est approché de moi, de sa main libre il a effleuré mes cheveux avant de la laisser retomber le long de son corps, dans un geste de lassitude ou de découragement, comme si l'effort était insurmontable.

Alors j'ai compris. Pour la première fois de ma vie, j'ai ressenti dans mon propre corps ce qu'il devait éprouver devant moi, l'embarras des parents devant leur enfant, devant une fille qui a grandi trop vite, devant le grand corps de leur fille qu'ils ne reconnaissent plus et dont ils ne savent plus très bien quoi faire. À quel moment cesse-t-on d'embrasser ses enfants ? À quel moment commence-t-on à se sentir gêné, à croire que les grands enfants n'ont plus besoin d'être serrés contre soi? À quel moment se résigne-t-on à reporter son amour sur les autres?

Comme si elle voyait tout ce qui défilait dans ma tête, ma mère s'est approchée à son tour sans que je la voie. Deux bras m'ont serrée très fort par-derrière et j'ai senti la chaleur de son haleine dans mon cou. C'est à croire qu'aucun de mes parents n'arrivait à me témoigner son affection en face. Ma mère a collé sa bouche sur mon oreille, pour y arriver elle avait dû se hisser sur la pointe des pieds.

– Pour une fois que je peux te serrer, a-t-elle murmuré. Tu es tellement grande, à présent. Et moi tellement petite à côté de toi. Et tellement inti-midée. Si tu savais.

Je ne me suis même pas retournée. Heureusement que la pluie tombait parce que j'étais complètement paralysée. Je ne savais ni quoi dire ni comment répondre à une manifestation de tendresse aussi subite. J'avais hâte qu'ils s'en aillent et me laissent seule. Mon père assistait à la scène en souriant et je suppose qu'il y avait de quoi: une grande fille un peu gauche emprisonnée entre deux bras minuscules, sans qu'il soit possible de voir à qui ils appartenaient.

Ils sont finalement partis, non sans m'avoir envoyé mille baisers de la main. La nuit a eu tôt fait de les engloutir, le parapluie rouge a tournoyé un moment avant de disparaître à son tour.

– Exemple typique d'anesthésie affective, a fait une voix tout près.

Je me suis retournée. Charles était là.

– Désir d'amour total et exclusif, mais refus ou malaise devant la moindre manifestation de chaleur ou de tendresse. Je plains sincèrement tes parents, Béa.

Il était là comme il l'avait toujours été. Là. Tout simplement.

– Encore tes fichues analyses ! Tu pourrais pas changer de cobaye, pour une fois ?

– Dans les livres de psycho, on conseille au débutant de s'exercer sur des sujets primaires, sur des personnes qui en sont encore au degré zéro de la complexité affective.

Il a fait une pause pour observer ma réaction. Je souriais, j'étais contente qu'il soit là. Les ondes d'affection dont on venait de m'envelopper commençaient à diffuser leur chaleur.

– Parce que je suis au degré zéro de la complexité affective ?

– Évidemment.

– Au moins, c'est clair, ai-je dit.

– Heureusement, tu n'as pas tous les défauts, a poursuivi Charles. En général, les individus souffrant comme toi du complexe d'abandon ont tendance à vouloir se sacrifier par tous les moyens possibles, à toujours aider les autres dans l'unique but d'être aimés. Ces personnes-là sont souvent envahissantes.

– Ce qui signifie, en clair, que je n'aide pas beaucoup les autres.

– Ce qui signifie, en clair, que tu n'es pas du tout envahissante.

– Ravie de l'entendre.

Silence.

– Tu étais à la pièce?

– Évidemment. Je n'aurais pas raté ça pour tout l'or du monde. Voir Shakespeare se faire damer le pion par une vraie tempête!

– De la salle, ça faisait quel effet?

– Assez lamentable, je dois dire. Mais comme ratage, c'était parfaitement réussi. Ne me parle pas des trucs à moitié ratés. Ce soir, c'était un vrai ratage.

– Enfin une bonne nouvelle !

– Oh ! Tout n'est pas perdu, tu as encore trois soirs pour te reprendre. Quoique, a-t-il ajouté en fronçant les sourcils, on annonce du mauvais temps toute la semaine.

Il a fait une pause.

– Je peux venir chaque soir, si tu veux. Pour te remonter le moral.

– Quel dévouement ! Te fatigue pas, j'y arriverai bien toute seule.

Il s'est renfrogné.

– Qui te parle de dévouement ?

Il s'est mis à marcher de long en large devant moi, les mains derrière le dos, comme s'il s'apprêtait à donner un cours.

– Tu penses peut-être que je suis amoureux de ta mère...

Il s'est arrêté, m'a regardée.

– Et tu as tout à fait raison de le penser parce que c'est exact. Mais je sais que c'est sans espoir, qu'elle est trop amoureuse de son metteur en scène de mari pour remarquer un type comme moi.

– Alors par défaut, tu te rabats sur moi? ai-je dit en éclatant plus ou moins de rire.

Il a levé les yeux au ciel en soupirant.

– Comme si on ne pouvait pas aimer deux personnes!

Il en avait trop dit ou pas assez. Il est venu se planter devant moi.

– Comment veux-tu qu'on ne tombe pas amoureux de ta mère, Béatrice? Elle est douce, gentille, chaleureuse. Quand on passe près d'elle, d'abord elle nous voit. Ensuite, si on a un peu de chance, elle nous touche, nous serre parfois. Tu n'as jamais fait ça avec moi, toi.

– Mais pourquoi je l'aurais fait?

– Mais parce que je suis là!

La phrase était sortie toute seule. Charles a semblé embarrassé.

– À côté de toi, un congélateur a l'air presque humain.

Là, on a fait une autre pause, plus longue.

– On dirait que j'existe pas pour toi, a repris Charles après la longue pause. Pourtant, on prend le même autobus tous les matins. Eh bien, tous les matins, j'essaie d'attirer ton attention sur un sujet que tu aimes, je suis plein d'attentions pour toi, je te garde une place assise, même que ça fait enrager Charlotte qui reste toujours debout. Mais je m'en fiche. C'est toi que je veux à côté de moi.

C'est vrai. Du plus loin que je me souvienne, c'est toujours Charlotte qui restait debout. À mon tour, j'ai regardé Charles dans les yeux.

– Tu es pas en train de m'annoncer que tu es amoureux de moi?

Il est devenu aussi rouge qu'un géranium rouge en plein mois de juillet.

– Pourquoi pas? a-t-il rétorqué avec humeur. Pourquoi je le serais pas? Vous autres, les filles, vous pensez juste à ça et quand ça vous arrive, vous n'y croyez pas. Ou vous n'en voulez pas, a-t-il ajouté plus bas.

– Tu vas pas me faire ce coup-là?

– Ce coup-là?

– Écoute, j'arrive tout juste à démêler les fils de ma vie, à comprendre ce qui m'arrive. Tu l'as dit toi-même tout à l'heure, je suis un sujet primaire, je peux tout de même pas me mettre à t'aimer, comme ça, subitement!

– Je suppose que non, a répondu Charles après un moment.

La pluie avait cessé. Charles a fait quelques pas, il s'est appuyé contre un arbre et regardait par terre. Il m'a semblé soudain très fatigué. Il avait des cernes sous les yeux et un début d'ombre au menton. Les hormones avaient eu raison de lui, finalement. Je l'ai rejoint près de l'arbre.

– Je ne pouvais pas savoir, ai-je dit. Pour l'autobus et les attentions, c'est vrai, mais avoue que devant mes parents, tu n'étais pas tellement présent. Tu parlais toujours avec mon père.

– On parlait de toi. Seulement de toi. Je lui demandais comment m'y prendre, il m'expliquait comment tu étais, il me donnait des conseils, il me disait de ne pas précipiter les choses...

– Parce que mon père me connaît, à présent? Première nouvelle!

J'ai inspiré à fond.

– Il a raison au moins sur un point, ai-je dit. Il faut me laisser le temps.

Il a soupiré.

– La vie est courte.

– Tu trouves?

– *La vie est courte comme un jour*
  Dont le soir suit de près l'aurore;
  L'heure fuit, le couchant se dore,
  Le temps s'envole sans retour.

– Si tu le dis. Et c'est de qui?

– Henri Warnery.

– Ah.

– Poète suisse de langue française.

– Bon.

– Né à Lausanne.

– D'accord.

Il a secoué la tête.

– C'est une grosse journée pour moi, Béa.

– Et pour moi donc! En une seule soirée, j'ai dû affronter deux tempêtes, une vraie et une fausse, m'accepter moi, et accepter aussi le fait que mes parents sont deux êtres gentils mais totalement incompétents pour tout ce qui concerne les modifications psycho-affectives, physiologiques et hormonales que vit l'adolescent, incompétence qui se traduit par un accroissement de la dépendance affective envers eux, une autosuffisance précaire et une quasi-insensibilité – temporaire, soit dit en passant – aux autres sources d'affection qui viennent des pairs...

Il a souri.

– Je n'aurais pas dit mieux.

Il s'est éloigné un peu, s'est retourné.

– Les pairs, c'est moi ?

MOT SUR L'AUTEURE

Hélène Vachon n'a vraiment rien contre les gens amoureux. Bien au contraire. Elle pense qu'en favorisant les rapprochements, les personnes amoureuses représentent une source de chaleur non négligeable qui rejaillit sur la planète tout entière. Quand on lui rétorque que cette source de chaleur pourrait accélérer le réchauffement de la planète, la fonte des glaces polaires et l'augmentation des gaz à effet de serre, Hélène Vachon réplique qu'il s'agit d'une énergie verte, non polluante et entièrement renouvelable qui, si elle était plus répandue, permettrait des économies intéressantes sur les sources d'énergie traditionnelles comme le mazout, l'électricité et le gaz naturel.

Mes parents sont gentils mais...

ILLUSTRATRICE : MAY ROUSSEAU

www.mesparentssontgentils.ca

Série Brad

Auteure : Johanne Mercier
Illustrateur : Christian Daigle

1. Le génie de la potiche
2. Le génie fait des vagues
3. Le génie perd la boule

www.legeniebrad.ca

Le Trio rigolo

AUTEURS ET PERSONNAGES:

JOHANNE MERCIER – LAURENCE

REYNALD CANTIN – YO

HÉLÈNE VACHON – DAPHNÉ

ILLUSTRATRICE: MAY ROUSSEAU

1. Mon premier baiser
2. Mon premier voyage
3. Ma première folie
4. Mon pire prof
5. Mon pire party
6. Ma pire gaffe
7. Mon plus grand exploit
8. Mon plus grand mensonge
9. Ma plus grande peur
10. Ma nuit d'enfer
11. Mon look d'enfer
12. Mon Noël d'enfer
13. Le rêve de ma vie (printemps 2009)
14. La honte de ma vie (printemps 2009)
15. La fin de ma vie (printemps 2009)

www.triorigolo.ca

Marquis imprimeur inc.

Québec, Canada
2007